AF355862

Eaux-fortes

modernes

et Lithographies

VENTE

LE MERCREDI 4 DÉCEMBRE 1895

HOTEL DROUOT, SALLE N° 8

Mᵉ MAURICE DELESTRE	M. DUPONT Aîné
COMMISSAIRE-PRISEUR	MARCHAND D'ESTAMPES
27, rue Drouot, 27	15, rue de Seine, 15

PARIS

IMPRIMERIE D. DUMOULIN ET Cie

5, RUE DES GRANDS-AUGUSTINS, 5

CATALOGUE (N° 140)

D'EAUX-FORTES

MODERNES

ET

LITHOGRAPHIES

PAR ET D'APRÈS

Baude, Bléry, Bonvin, Boutet, Bracquemond, Buhot,
Charlet, Corot, Courbet,
Daubigny, Daumier, Decamps, E. Delacroix, Desboutin, Detaille,
Deveria, Dillon, G. Doré, Flameng, Forain, Gavarni, Géricault, Goya, Hédouin,
Hervier, Huyot, Ibels, Ch. Jacque, L. Legrand,
Legros, Lunois, Manet, Maurou, Méryon, Michelin, Mouilleron,
Pigal, Raffet, P. Renouard,
Ribot, H. Somm, Vernet, Whistler, etc.

DONT LA VENTE AURA LIEU

HOTEL DES COMMISSAIRES-PRISEURS, RUE DROUOT,

SALLE N° 8

Le Mercredi 4 Décembre 1895

A deux heures précises.

Par le ministère de Mᵉ **MAURICE DELESTRE**, Commissaire-Priseur,
rue Drouot, 27

Assisté de M. **DUPONT** aîné, marchand d'estampes,
rue de Seine, 15 (ci-devant au n° 21).

PARIS — 1895

CONDITIONS DE LA VENTE

Elle sera faite au comptant.

Les acquéreurs payeront *cinq pour cent* en sus des enchères, applicables aux frais.

M. Dupont se réserve la faculté de réunir ou de diviser les lots.

L'ordre du Catalogue sera suivi.

DÉSIGNATION

ALBERT

1 — Portrait de jeune femme.
> Très belle épreuve.

ANONYME

2 — Portrait de femme. Lithographie.
> Très belle épreuve.

BARYE

3 — Jeune tigre jouant avec sa mère, — Etude de tigre, —
Lion, d'après Barye.
> Trois pièces, très belles épreuves.

BAUDE

4 — Portrait de femme, — L'officier à la toque, d'après Rembrandt.
> Deux pièces, très belles épreuves sur japon, avec dédicace de M. Paul
> Mantz.

5 — Portrait de Victor Hugo.
> Belle épreuve.

6 — Le pape Léon XIII, d'après Gaillard, — Italienne, d'après
Bonnat, — Moissonneuse, d'après J. Breton, etc.
> Sept pièces.

7 — Sujets de genre, d'après Raphaël Collin, Roll, Leloir, etc.
> Cinq pièces.

8 — Sujets de genre, d'après Haquette, Renouf, Hagborg,
Vail, etc.
> Cinq pièces.

9 — Sujets de genre, d'après Edelfeld, Bouguereau, Goe-
neutte, etc.
> Six pièces.

BAUDE

10 — Sujets divers, d'après Demont Breton, Edelfeld, Debat,
Ponsan, etc.

Huit pièces.

BESNARD

11 — Petite fille à la poupée. Eau-forte.

Très belle épreuve d'artiste sur chine.

12 — Nocturne. Lithographie.

Très belle épreuve d'artiste. Signée.

BLÉRY (E.)

13 — Le Vieux Chêne aux mares de Bellecroix, 2 épreuves
d'état, — La Grande Forêt, — Le Chêne au ravin, 2 épr.
— Les Chênes du Vaux de Cernay, près Senlisse, — Le
grand dessous de bois, 2 épr., — Le Torrent, — Le
Vieux Chêne, 2 épr.

Ensemble onze pièces, très belles épreuves d'état, avec annotations
de l'artiste.

14 — Le pont de Dorieu, près Lyon, — Le chemin des Char-
treux, 2 épr., — Le gué, — Vue prise près de Thiers
(Auvergne), — Le tronc de hêtre, — Le moulin de Mon-
treux (Suisse), — La haute futaie, — le bouquet d'arbres.

Neuf pièces, épreuves d'artiste.

15 — Fleurs et paysages.

Dix pièces, épreuves d'artiste.

BONINGTON (R. P.)

16 — Rue du Gros Horloge, à Rouen.

Très belle épreuve.

BONVIN (F.)

17 — Première suite de 10 eaux-fortes.

Très belles épreuves d'artiste dans la couverture de publication.

18 — Le chantre, — Bords de la Rance, etc.

Six pièces, très belles épreuves.

BOULANGER

19 — Henri III, — Attaque du tigre, — Attaque du lion.

  Trois pièces, très belles épreuves.

BOUTET

20 — Modiste, — Jeune fille.

  Trois pièces, très belles épreuves d'artiste.

21 — Parisiennes, — Modistes, — Croquis.

  Douze pièces, belles épreuves.

BRACQUEMOND

22 — L'Inconnu.

  Très belle épreuve d'artiste sur japon.

23 — Les Canards surpris.

  Très belle épreuve du premier état, sur japon. Signée.

24 — Roseaux et sarcelles.

  Très belle épreuve du premier état, sur japon. Signée.

25 — Les Mouettes.

  Très belle épreuve d'artiste. Signée.

26 — Les Saules des Mottiaux.

  Très belle épreuve d'artiste.

27 — Frontispice pour « les Graveurs du XIX⁰ siècle (le Canard).

  Très belle épreuve d'artiste.

28 — Au Jardin d'acclimatation.

  Très belle épreuve d'artiste.

29 — Essai de gravure à la plume, paysage.

  Très belle épreuve d'artiste sur japon.

30 — Portrait d'Edwin Edwards.

  Très belle épreuve d'artiste.

31 — Portrait de Poulet-Malassis.

  Très belle épreuve.

BRACQUEMOND

32 — M. Tripier. Deux portraits différents.

Très belle épreuve d'artiste.

33 — La Servante, d'après Leys.

Trés belle épreuve d'artiste.

34 — Le Printemps, d'après Millet.

Très belle épreuve d'état. Signée.

35 — La même estampe.

Très belle épreuve d'artiste, avec remarque, sur parchemin. Signée.

36 — L'Automne, d'après Millet.

Très belle épreuve d'état. Signée.

37 — La même estampe.

Très belle épreuve d'artiste, avec remarque, sur parchemin. Signée.

38 — Jeune bergère, d'après Millet.

Très belle épreuve d'état. Signée.

39 — La même estampe.

Très belle épreuve d'artiste, avec remarque, sur parchemin.

40 — Le nouveau-né, d'après Millet.

Très belle épreuve d'état. Signée.

41 — La même estampe.

Très belle épreuve d'artiste sur parchemin. Signée.

42 — La Fortune, d'après Gustave Moreau.

Très belle épreuve du premier état. Signée.

43 — Le Singe et le Chat, d'après Gustave Moreau.

Très belle épreuve du premier état. Signée.

44 — Diplôme de la Société de gravure, gravé par A. Jacquet.

Très belle épreuve sur japon, avec la signature des deux artistes.

45 — L'Eclipse, — Les Bons Amis, — M. de Quélus, — Le lac.
Vignettes, etc.

Douze pièces, avant et avec la lettre.

BRESDIN

46 — Sujets à l'eau-forte.

Cinq pièces, belles épreuves.

BUHOT (F.)

47 — Japonisme. Dix eaux-fortes d'après les objets japonais de la collection Burty.

Belles épreuves dans la couverture de publication.

48 — Japonisme. Epreuves d'essai.

Dix pièces.

49 — L'Enterrement du Burin, — Une vieille maison à Valognes, — Croquis.

Sept pièces, très belles épreuves.

50 — L'ensorcelée, par Barbey d'Aurevilly, 1877. Suite de six illustrations composées et gravées par F. Buhot, plus un portrait, par Rajon.

Épreuves d'artiste, dans le portefeuille de publication.

51 — La même suite.

Même état (petit format) dans le portefeuille de publication.

52 — Une vieille maîtresse, par Barbey d'Aurevilly 1879. Suite de dix illustrations, plus un portrait par Rajon (petit format).

Belles épreuves, dans le portefeuille de publication.

CALAMATTA

53 — Georges Sand en habit d'homme.

Très belle épreuve d'artiste avec le nom à la pointe.

CARICATURES

54 — Caricatures sur Napoléon, Lamartine, Cavaignac.

Six pièces.

55 — Caricatures sur Charles X.

Huit pièces coloriées, très belles épreuves.

56 — Caricatures sur Louis-Philippe.

Vingt-quatre pièces coloriées, très belles épreuves.

CARRIÈRE (E.)

57 — Tête de bébé.

Très belle épreuve d'artiste sur Chine.

CHAPLIN (par et d'après)

58 — Son portrait, — Léda, — Les Bulles de savon, etc.

Huit pièces, très belles épreuves.

CHARLET

59 — Suite de costumes militaires, n° 1 à 24.

Vingt-quatre pièces, très belles épreuves.

60 — La vieille armée française.

Quatre pièces, très belles épreuves.

61 — Portraits de Napoléon.

Six pièces, belles épreuves.

62 — Militaires, — Infanterie légère, garde nationale.

Cinq pièces, très belles épreuves.

63 — Militaires, six pièces de la suite au trait, coloriées.

Très belles épreuves.

64 — L'intrépide Lefèvre, — L'École du balayeur, — Papa, dada, — L'Allocution, etc.

Huit pièces, belles épreuves.

65 — Gaspard l'avisé, — Il faut en rire, — Que dit-on, etc.

Dix pièces, très belles épreuves.

66 — Odry, — La barricade, — J'aime la couleur, — Soyez plutôt maçon, — Le Navarrais, etc.

Seize pièces, belles épreuves.

67 — Croquis, — Planches d'essais non terminées (pièces rares).

Vingt-six pièces, très belles épreuves.

68 — Croquis à l'eau-forte et à la manière noire.

Seize pièces.

CHARLET

69 — Titres de romances.
   Seize pièces.

70 — Titres pour les albums.
   Huit pièces.

71 — Sujets tirés d'albums.
   Vingt et une pièces, très belles épreuves.

72 — Sujets tirés d'albums.
   Vingt-quatre pièces, belles épreuves.

73 — Sujets tirés d'albums.
   Soixante-pièces, belles épreuves.

CHÉRET

74 — Les Jeux et les Ris, lithographie originale en forme d'éventail.
   Très belle épreuve.

CHÉRET, LEGRAND, LUNEL

75 — Pièces publiées dans le *Courrier français* ; tirage à part sur chine.
   Douze pièces.

CHROMOLITHOGRAPHIES

76 — Reproductions d'objets d'art, broderies, étoffes, etc.
   Treize pièces.

COROT (d'après)

77 — Le Marais, par Vernier, — Paysage.
   Deux pièces, très belles épreuves.

78 — Paysages lithographiés, par E. Vernier.
   Sept pièces, très belles épreuves d'artiste.

COURBET (d'après)

79 — Les Casseurs de pierres, par Vernier.
   Très belle épreuve d'artiste.

COURBET (d'après)

80 — Le Retour du marché, par Vernier.

Très belle épreuve d'artiste.

81 — La Curée, — Les Casseurs de pierres.

Deux pièces, très belles épreuves.

DAUBIGNY

82 — Le Guet du chien, — Les Cerfs, — Le Bac, — Paysages, etc.

Huit pièces et une couverture.

83 — Paysages divers.

Huit pièces.

DAUMIER

84 — Le Ventre législatif.

Très belle épreuve sur chine.

85 — Cortège du commandant général des apothicaires.

Très belle épreuve en couleur.

86 — Juges des accusés d'avril, — Portraits en pied, etc.

Huit pièces.

DECAMPS

87 — Village turc, — Le Gardeur de porcs, — Corps de garde turc.

Quatre pièces, belles épreuves.

88 — Lithographies originales.

Six pièces, belles épreuves.

DECAMPS (d'après)

89 — Sujets gravés par Bouquet, Marvy, etc.

Seize pièces.

90 — Sujets divers, lithographiés par Mouilleron, Nanteuil, Le Roux, etc.

Seize pièces.

DEGAS (d'après)

91 — Quinze lithographies, par W. Thornley, dans la couverture de publication.

Très belles épreuves.

DELACROIX (E.)

92 — Tigre couché à droite.

>Très belle épreuve.

93 — Nègre à cheval.

>Très belle épreuve.

94 — Lion dévorant un cheval, — Tigre déchirant la poitrine d'un Arabe.

>Deux pièces, belles épreuves.

95 — Muletiers de Tetuan, — Femme d'Alger.

>Deux pièces, très belles épreuves.

96 — Croquis, — Le jeune Clifford, — La Méditation héraldique.

>Quatre pièces, belles épreuves.

97 — *Faust*. Suite complète de dix-sept pièces et le portrait de Gœthe.

>Très belles épreuves.

98 — La même suite, plus une pièce double.

>Très belles épreuves, dont deux sur chine.

99 — *Hamlet*. Suite complète de treize pièces. Lithographie Villain.

>Très belles épreuves dans la couverture de publication.

100 — *Hamlet*. Suite complète de seize pièces. Imp. Bertaut.

>Très belles épreuves dans la couverture de publication.

DELACROIX (d'après)

101 — L'Éducation d'Achille, — Médée, — Animaux, d'après Rosa Bonheur, — Chiens courants, etc.

>Ensemble cinq pièces, belles épreuves.

102 — Othello, — Arabe à cheval, etc. Lithographiées par Robaut.

>Dix pièces, très belles épreuves.

103 — Lithographie et Eaux-fortes : Intérieur d'un harem, — Othello, — La Barque du Don Juan, — Marphise, etc.

>Six pièces, belles épreuves.

DELACROIX (d'après)

104 — Desdémona, — La Barque du Dante, — Daniel, — Le Fou de Chillon, — Hamlet, etc.

> Quinze pièces, très belles épreuves.

105 — Sujets divers. Eaux-fortes et lithographies, par C. Nanteuil, Hédouin, Mouilleron, etc.

> Vingt-trois pièces.

DESBOUTIN (M.)

106 — Portrait de M. Henri Rochefort.

> Très belle épreuve d'artiste, avec dédicace.

107 — Mlle Mou-Mou, — Le Repos, — La Promenade.

> Trois pièces, très belles épreuves d'artiste.

DETAILLE

108 — Soldat bavarois, — Soldat du génie. Lithographies originales.

> Deux pièces, très belles épreuves sur chine.

DEVÉRIA

109 — La Nuit de noces, — Le Matin, — Le Départ, — Le Retour, etc. Suite de six pièces.

> Très belles épreuves.

110 — Portraits de Mme Pauline Garcia, Édouard Wolf.

> Deux pièces, belles épreuves.

DIAZ

111 — Imposture, — La Mort de peur, — Les Folles amoureuses, etc.

> Six pièces, belles épreuves.

112 — Sujets divers, paysages, lithographiés par Français, Mouilleron.

> Neuf pièces, très belles épreuves.

DILLON

113 — Le Modèle.

Très belle épreuve d'artiste sur chine.

114 — Petites fantaisies lithographiques.

Treize pièces, très belles épreuves sur chine.

DIVERS

115 — Menus, — Programmes.

Huit pièces, très belles épreuves.

116 — Menus et Programmes des Incohérents.

Vingt-trois pièces.

117 — Couvertures, titres de romances, affiches, par Chéret, Ibels.

Quatorze pièces.

118 — Sujets divers, tirés du journal *la Caricature*.

Trente pièces, très belles épreuves.

119 — Pièces tirées du journal *l'Artiste*.

Soixante-quatre pièces.

120 — Gravures anciennes, par Norblin et autres.

Six pièces.

121 — Paysages et sujets divers, lithographiés par Français, Baron, etc.

Dix-huit pièces, belles épreuves.

122 — Eaux-fortes et pointes sèches, par Boutet, Chifflart, Delbos, Desmoulins, Jules Lefebvre, etc.

Dix-sept pièces, belles épreuves.

123 — Paysages, marines, vues, etc., par Chaigneau, Courtry, Marvy, Mordant, Ségé, etc.

Vingt et une pièces, dont seize en épreuves d'artiste.

124 — Paysages, vues, par Ballin, Chauvel, Brunet Debaines, Niel, Trimolet, etc.

Vingt-neuf pièces, dont quinze en épreuves d'artiste.

DIVERS

125 — Gravures sur bois, d'après Aranda, Henner, Lerolle, Demont-Breton.

Sept pièces.

126 — Sujets divers, bijoux, ornements, par Courtry, Flameng, Gaucherel, Greux, etc.

Trente-cinq pièces, dont dix-sept en épreuve d'artiste.

127 — Gravures sur bois, portraits et sujets divers.

Douze pièces.

128 — Gravures sur bois, reproductions d'objets d'art, de bijoux, vitraux, etc.

Trente-sept pièces.

129 — Reproductions de dessins des maîtres anciens.

Vingt-deux pièces.

DORÉ (G.)

130 — Lithographies.

Huit pièces, très belles épreuves d'artiste.

DUPRÉ (Jules)

131 — Pacages du Limousin, — Vue prise en Normandie, — Vue prise à Alençon, — Plymouth, — Bords de la Somme, — Vue prise en Angleterre.

Six lithographies originales, belles épreuves.

132 — Paysages, par Français, Mouilleron.

Quatre pièces, belles épreuves.

FLAMENG (L.)

133 — Paris qui s'en va.

Quatre livraisons, avec le texte explicatif.

FORAIN (J. L.)

134 — Le Bouquet.

Très belle épreuve d'artiste.

135 — Eaux-fortes originales : Le Café, — La Loge, — L'Ouvreuse, — Bullier.

Quatre pièces, très belles épreuves d'artiste.

G'ALARD (G. de)

136 — Album bordelais ou Caprices.
Texte et illustrations.

GAUCHEREL

137 — Costumes d'Italie, d'après Barbault. *Rome*, 1750.
Douze pièces, très belles épreuves sur chine.

GAVARNI

138 — D'après nature.
Dix-huit pièces. très belles épreuves.

139 — Pièces diverses avant la lettre.
Six pièces, très belles épreuves.

GÉRICAULT

140 — Mameluck de la garde impériale défendant un jeune trompette contre un Cosaque qui arrive au galop.
Superbe épreuve.

141 — Horses exercising.
Très belle épreuve.

GONCOURT (J. de)

142 — Couseuse, — Le Café Godet, — Masque de Voltaire, etc.
Quatre pièces, très belles épreuves d'artiste.

GOYA

143 — Don Gaspar de Guzman.
Très belle épreuve.

144 — Philippe IV, — Isabelle de Bourbon.
Deux pièces, très belles épreuves.

145 — Nain lisant, — Un Nain assis, — Barberousse.
Trois pièces, très belles épreuves.

146 — Un Infant d'Espagne, — Esope. — Mœnippe.
Trois pièces, très belles épreuves.

GRAVESANDE (de), **RIDLEY**

147 — Paysages, — Marines.

Six pièces, très belles épreuves.

GUÉRARD

148 — Marines, Patineurs, Polichinelle, etc.

Huit pièces, belles épreuves.

HÉDOUIN (Edm.)

149 — L'Appel des Girondins, — Jeune seigneur Louis XV, — Le Verger, etc.

Cinq pièces, épreuves d'artiste.

150 — Le Mot d'ordre, — Le Contrebandier, etc.

Douze pièces, très belles épreuves.

HEIDBRINK

151 — Les Masques, — Ceux qui ont froid, — Le Cul-de-Jatte.

Trois pièces, très belles épreuves sur chine.

HERVIER

152 — Lithographies; album de 12 planches dans la couverture de publication.

Très belles épreuves.

153 — Eaux-fortes; paysages, marines.

Huit pièces, très belles épreuves.

HOLBEIN (d'après)

154 — La Passion, — Portraits, etc,

Quarante-quatre pièces, belles épreuves d'artiste.

155 — Fantaisies : La Pêche, — La Chasse, — La Volière, — Le Tournoi, plus un titre, — Suite macabre, par Alfred Rethel, avec un titre et le texte explicatif.

Ensemble onze pièces.

HUYOT

156 — Illustrations pour l'*Immortel*, fumés de bois.

> Quarante-huit pièces, plus trois doubles; en tout quarante-neuf pièces.

IBELS

157 — C'est vous qu'êtes le militaire, — A bas le progrès, — Arlequin.

> Trois pièces, très belles épreuves, dont deux en couleurs.

158 — Titres de romances : L'Oubliée, — Le Bon Mari, — Les Squares, — Le Bon Temps.

> Six pièces, très belles épreuves sur chine.

ISABEY (E.)

159 — Marines, — Sujets divers.

> Huit pièces, belles épreuves.

JACQUE (Ch.)

160 — Les Chanteurs, états différents.

> Trois pièces, belles épreuves,

161 — Les Faux monnayeurs, — Cavalier.

> Deux pièces, très belles épreuves d'artiste.

162 — Portrait de M. Luquet, deux épreuves.

> Très belles épreuves d'artiste sur chine.

163 — Eaux-fortes, 1864.

> Vingt-quatre pièces, très belles épreuves.

164 — Vingt sujets composés et gravés à l'eau-forte, par Ch. Jacque.

> Très belles épreuves, dans la couverture de publication.

165 — Les Douze Mois, gravés sur bois, par **A.** Lavieille.

> Belles épreuves.

166 — Troupeau de porcs, — Joueurs de cartes, — Bœufs au labour, — Cour de ferme.

> Cinq pièces, très belles épreuves d'artiste, dont quatre sur chine.

JACQUE (Ch.)

167 — Tueurs de cochons, — Cour de ferme, — Chaumières,
Récureuse, etc.

> Sept pièces, très belles épreuves sur chine.

168 — Vaches à l'abreuvoir, — Porcs couchés, — Troupeau
de porcs, — Maisons de paysans, — Porte d'auberge, —
Cour de ferme, — Paysages, etc.

> Douze pièces, très belles épreuves sur chine, dans une couverture.

169 — Le Chemin de halage, — Le Repas, — Le Matin du
premier jour de l'an, — Un Coin de cour, — Moutons,
— Coq et Poules, — Pêche au vif, — Pêche au gardon,
— Première leçon d'équitation, etc.

> Dix-huit pièces, belles épreuves.

170 — Le Remouleur, — Cour de ferme, — Maisons de
paysans, — Charrue au repos, — Paysanne faisant paître
une vache, — Une Porte d'auberge, etc.

> Quatorze pièces, belles épreuves d'artiste.

171 — Marchand de melons, — Chaumières à Criccy, — Un
Buveur, — La Prière, — Femme au puits, etc.

> Douze pièces, très belles épreuves.

172 — Mendiants, — Paysage d'hiver, — Moulin à Mont-
martre, — Les Saules, — Porcs couchés, — Un Homme
dans une cave, — Lisière de bois, etc.

> Vingt-trois pièces, très belles épreuves, dont dix-sept sur chine.

JACQUEMART (J.)

173 — Recueil de reproductions de tableaux, bijoux, objets
d'art.

> Vingt pièces reliées en un volume, très belles épreuves.

LAFAGE (de)

174 — Les Saisons, — L'École buissonnière.

> Ensemble six pièces, belles épreuves.

LEGRAND (L.)

175 — Le Travail et la Paresse.

> Très belle épreuve d'artiste.

LEGRAND (L.)

176 — La môme Terpsichore, — Le Déshabillage, — Femme couchée.

> Trois pièces, très belles épreuves d'artiste sur japon.

LEGROS

177 — Portrait de Champfleury, lithographie.

> Très belle épreuve d'artiste sur chine.

178 — Tête d'homme, lithographie originale, très rare.

> Très belle épreuve d'artiste.

179 — Portrait d'homme, — Portrait de dame âgée, lithographies originales, rares.

> Deux pièces, très belles épreuves d'artiste sur chine.

180 — Souvenirs des Funambules.

> Quatre pièces, très belles épreuves.

LEMUD (de), CHASSERIAU

181 — Le Prisonnier, — Femmes mauresques, — Desdemona, etc.

> Dix pièces.

LEPIC (Vte)

182 — Croquis, — Marines, — Sujets divers.

> Vingt pièces, épreuves d'artiste.

LEROY (A.)

183 — Collection des dessins originaux des grands maîtres.

> Trente pièces avec le texte.

LIÈVRE (E.)

184 — Les Arts décoratifs ; ornements polychromes.

> Soixante pièces.

LIVRES

185 — L'Eau-forte en 1881, texte par J. Claretie; trente eauxfortes, par Appian, Breton, Casanova, Cortazzo, Lalanne, Lhermitte, Leloir, Desboutin, etc.

> Exemplaire sur japon.

LIVRES

186 — Salon du Champ de Mars 1893 ; vingt eaux-fortes et
pointes sèches originales de Dagnan-Bouveret, Duez,
Helleu, Jeanniot, Lerolle, Mathey, Puvis de Chavannes,
. Roll, Thaulow, etc. Texte par Armand Silvestre.

Très belles épreuves d'artiste dans un cartonnage.

LUNOIS

187 — La Salle Graffard, d'après **J**. Béraud.

Très belle épreuve d'artiste, sur japon. Signée.

188 — Le Vin, d'après Lhermite.

Très belle épreuve d'artiste, avec remarque.

189 — Le Pot-de-Vin, d'après Lhermite.

Très belle épreuve d'artiste, avec remarque.

190 — Femmes arabes tissant un burnous.

Très belle épreuve d'artiste sur japon. Signée.

191 — Un Faucheur.

Très belle épreuve d'artiste.

192 — Planche de croquis, lithographie.

Très belle épreuve sur chine. Signée.

MANET (Ed.)

193 — La Barricade, — Guerre civile.

Deux pièces, belles épreuves.

194 — Le Gamin, — Mlle Morizot, deux portraits différents.

Ensemble trois pièces, belles épreuves.

195 — Le Corbeau ; poème par Edgar Poë ; traduction
française de Stéphane Mallarmé, avec illustrations, par
Edouard Manet. *Paris, Richard Lesclide,* **1875**.

Très bel exemplaire, avec dédicace à Poulet-Malassis.

196 — Édouard Manet, par Emile Zola ; Etude historique et
critique, accompagnée d'un portrait d'Éd. Manet, par
Bracquemond, et d'une eau-forte de Éd. Manet. *Paris,
Dentu,* 1867.

Bel exemplaire.

MARVY

197 — Paysages, d'après Jules Dupré, Diaz, Berthault.

Dix pièces, très belles epreuves d'artiste sur chine.

MAUROU

198 — Ophélie, d'après H. Martin.

Très belle épreuve d'artiste, avec dédicace à M. Charles Cousin.

199 — Un Roi mérovingien.

Très belle épreuve d'artiste, avec dédicace à M. Charles Cousin.

MÉRYON

200 — Son Portrait, par Bracquemond.

Très belle épreuve d'artiste.

201 — La Salle des Pas-Perdus au Palais de Justice.

Très belle épreuve avant l'inscription.

202 — Tourelle de la Tixeranderie, — La Tour de l'Horloge, — Saint-Étienne-du-Mont, — L'Arche du pont Notre-Dame, — La Pompe Notre-Dame, — Galerie Notre-Dame, — Le Pont-Neuf; plus un titre.

Huit pièces, très belles épreuves dans la couverture.

203 — La Rue des Toiles à Bourges,—Le Tombeau de Molière.

Deux pièces, très belles épreuves.

MICHELIN

204 — Recueil d'Eaux fortes originales, en un volume relié.

Vingt et une pièces, très belles épreuves d'artiste, dont deux sur chine volant.

MONCEL (Th. du)

205 — Le Manoir de Tourlaville, texte illustré de lithographies, à Paris, chez Gihaut.

Bel exemplaire.

MONTICELLI (d'après)

206 — Sujets lithographiés par Lauzet, plus deux portraits différents de l'artiste.

Ensemble, douze pièces.

MOUILLERON

207 — La Ronde de nuit, d'après Rembrandt.

Très belle épreuve d'artiste, avec dédicace à M. Paul Mantz.

208 — Sujets divers.

Seize pièces, très belles épreuves.

NANTEUIL (C.)

209 — Scène de Don Quichotte, — Avenir.

Deux pièces, très belles épreuves.

PHOTOGRAPHIES

210 — Photographies d'après des dessins de Géricault.

Sept pièces.

211 — Sujets divers et objets d'art.

Quarante-huit pièces.

PIGAL

212 — Scènes de mœurs.

Sept pièces coloriées.

PORTRAITS

213 — Victor Hugo, — Louis Veuillot, — Guizot.

Trois pièces.

214 — Rachel, — Guizot, — M. de Salvandy.

Trois pièces, belles épreuves.

215 — Béranger, — A. de Musset, — Balzac, — Champfleury, J. Sandeau, — H. Vernet, — Berlioz, — Beethoven, etc.

Douze pièces, très belles épreuves.

216 — Acteurs : Perlet, Desforges, Constant, Odry, Mélingue, M. Brohan, etc.

Dix pièces, en noir et en couleurs.

217 — Galerie de la Presse : A. Dumas, Victor Hugo, Lamartine, Th. Gautier, L. Gozlan, A. Karr, Ingres.

Dix pièces, très belles épreuves.

RAFFET

218 — Feuilles de croquis à l'eau-forte; plusieurs sujets sur quatre feuilles avant que les cuivres aient été coupés.

> Très belles épreuves, sur chine.

219 — Feuilles de croquis.

> Deux pièces, très belles épreuves.

220 — Garde royale.

> Quatorze pièces, dont six avant la lettre. Très belles épreuves.

221 — Histoire de Jean-Jean.

> Quatorze pièces.

222 — 1813, — L'OEil du maître, — Lutzen, — Ils grognaient.

> Quatre pièces, très belles épreuves.

223 — Ordre du jour, — Abordez l'ennemi, — Il est défendu de fumer.

> Trois pièces, très belles épreuves.

224 — Le Rêve, — Types militaires, — Les Catalans.

> Trois pièces, belles épreuves.

225 — Le Cri de Waterloo, — Projet de tableau à la gloire de Napoléon, — Le Défilé nocturne.

> Quatre pièces, très belles épreuves.

226 — Prise du fort Mulgrave, — Marche d'une division, — Place du Panthéon, etc.

> Cinq pièces, très belles épreuves.

227 — Affiche pour l'histoire de Napoléon, par M. de Norvins (réduction).

> Épreuve sur chine.

228 — Sujets tirés des albums.

> Vingt et une pièces, en partie sur chine. Très belles épreuves.

229 — Pièces parues dans le journal *la Caricature*.

> Douze pièces, très belles épreuves.

230 — Voyage de Russie, — Les Catalans sur la rambla.

> Six pièces, très belles épreuves.

RAFFET

231 — Expédition de Rome.

Dix pièces, épreuves de premier tirage, sur chine.

232 — Histoire de la Révolution.

Quatre pièces dans la couverture ce publication, sur chine, avant la lettre.

233 — Fumés pour *les Portes de fer* : Le duc d'Orléans à cheval et divers.

Dix pièces, très belles épreuves, sur chine volant.

REDON

234 — Songes; suite complète de six lithographies originales.

Très belles épreuves dans la couverture de publication.

REMBRANDT (d'après)

235 — Vieillard au bonnet, — Joseph et la femme de Putiphar, — Reproductions de dessins.

Sept pièces.

RENOUARD (P.)

236 — Bons conseils, — Danseuses.

Quatre pièces. très belles épreuves d'artiste.

RIBOT (Th.)

237 — Le Mets brûlé, — La Recette, — L'Aide de cuisine, — Paysanne de l'Ukraine, — La Prière, etc.

Onze pièces, dans une couverture.

ROBIDA

238 — Les Amoureuses de la Tour Eiffel.

Deux épreuves, dont une avant l'inscription.

ROUSSEAU (d'après Th.)

239 — Paysages et sujets divers.

Huit pièces, belles épreuves.

SOMM (H.)

240 — Japonisme.

Très belle épreuve d'artiste.

SOMM (H.)

241 — Parisienne.

Aquarelle.

242 — Profils parisiens.

Trois pièces, très belles épreuves d'artiste.

243 — Calendriers de 1882, 1890.

Deux pièces, très belles épreuves d'état, sur japon.

244 — Mon Carnet; recueil de croquis à la pointe sèche, d'après nature, dans la couverture de publication. — Croquis originaux à la plume sur la couverture.

Très bel exemplaire, sur japon.

245 — Goguette du clou, — Automne, — Une Parisienne, — Au Luxembourg, etc.

Huit pièces, très belles épreuves d'artiste, sur japon.

VERNET (Carle), LAMY (E.)

246 — Costumes militaires.

Neuf pièces, belles épreuves.

VERNET (Horace)

247 — Croquis lithographiques.

Dix-huit pièces.

248 — Dessins et croquis au crayon.

Vingt-quatre pièces.

WALTNER, LALAUZE

249 — Reproduction de tableaux de Corot, Courbet, Rubens, Téniers, Wouwerman.

Deux livraisons, comprenant sept pièces, belles épreuves, avec texte explicatif.

WHISTLER

250 — Portrait de femme en pied.

Très belle épreuve d'artiste, sur chine.

251 — Gravures non cataloguées.

Plusieurs lots.

PARIS

IMPRIMERIE DE D. DUMOULIN ET Cie

5, Rue des Grands-Augustins, 5

www.ingramcontent.com/pod-product-compliance
Lightning Source LLC
LaVergne TN
LVHW021656170726
843501LV00007B/2589